Reflexiones de Viajero

Tommy Lorenzo

Copyright © 2024 Tommy Lorenzo

Todos los derechos reservados. Ninguna parte de este libro puede ser copiada, distribuida, publicada, almacenada en un sistema de recuperación o transmitida de ninguna forma o por ningún medio -eléctrico, mecánico, fotocopia, grabación u otros- sin permiso del editor.

Diseño de portada realizado:
SelfPubBookCovers.com/TinaPappasLee © 2024

Ebook ISBN: 979-8-218-43954-5

Paperback ISBN: 979-8-218-43953-8

DEDICACION

Soy tan agradeció a la vida y a todos esos amigos que han aportado a todos los viajes que hemos hecho durante el transcurso de mi vida. He sido bendecido sin medidas, viajar para mi siempre ha sido una terapia, menos cuando me tocan vuelos con turbulencias. Pero en todas las paradas hemos disfrutado, aprendido y en algunos capítulos nos toco llorar, pero en todos hemos vivido.

Gracias a las luces de mi vida, mi hija Gabriela y a mi esposa Shanell que siempre han aportado a estas historias. Gracias a la gente linda de los países que hoy considero un hogar a la distancia, Panamá, Trinidad y Tobago, Republica Dominicana y Costa Rica, por tanta hospitalidad y los cariños recibido.

Espero que disfruten de estos 'minicuentos' que todos tienen un pincelazo de situaciones vividas pero vistos desde la óptica de la fantasía. Gracias a todos por leerme.

Pasajero Global

Alguna vez has mirado tu vida y has pensado: "¿Esto es todo?" Pues ese era yo a los 33 años, mirando el barril de interminables hojas de cálculo en un cubículo diminuto. Soy Jack: ni demasiado pequeño ni demasiado alto, blanco y cubierto de tatuajes que asoman por debajo de las mangas y por todo el pecho, un lienzo de historias entintadas en la piel. Llevo trabajando en la misma empresa en Boston desde mis 18 años haciendo la contabilidad. Cuando cumplí 20 un amigo me regaló una tarjeta de crédito Chase Sapphire. Que si soy honesto me pareció que este fue uno de esos regalos de último momento de un Target. Pero me dijo:

- Esta tarjeta acumula puntos. Paga todo con esta tarjeta y págala antes de fin de mes. En menos tiempo de lo que te imaginas tendrás puntos para viajar el mundo entero. –

-Gracias, supongo. - le respondí mientras miraba lo que pensé era el peor regalo del mundo.

Siendo contable, jamás le falté a la regla del pago mensual. Religiosamente compraba artículos, pagaba cenas y echaba gasolina con la bendita tarjeta. Y doce años más tarde, 'sí, estoy consciente que fue mucho tiempo,' me llegó un correo de la gente de la tarjeta Chase que decía en parte que llegué al último nivel de estatus y tenía acumulado más de 3 millones de puntos. Nunca había tomado vacaciones lejos de casa y creo que luego de tanto tiempo me tocaba. Le pedí a mi jefe un mes y medio de los casi 3 meses que tengo acumulados de vacaciones.

Esa mañana, me deshice de las hojas de cálculo, hice las maletas y decidí cambiar la aburrida rutina por los viajes por el mundo. No sólo quería ver mundo; quería tropezarme divertidamente con él.

¿Mi primer destino? Ciudad de Panamá, Panamá. ¿Por qué Panamá? Parecía un lugar tan bueno como cualquier otro para empezar, y sinceramente, los vuelos eran baratos. No tenía ningún plan, ni conocimientos de español más allá de "¿Dónde está el baño?", ni idea de lo que me esperaba. Pero eso era lo emocionante. Lo que no sabía era que mi falta de preparación, unida a mis llamativos tatuajes, convertirían mi viaje en una serie de escapadas cómicas que empezarían en cuanto aterrizara.

Armado con una mochila, un libro de frases básico y un espíritu dispuesto a todo, bajé del avión dispuesto a lanzarme de cabeza a lo que Panamá me deparara. Y déjame decirte que me lanzó muchas cosas.

Aterrizar en Ciudad de Panamá fue como entrar en otro universo. El aeropuerto bullía de energía y de una vez experimenté el famoso aire húmedo del país, que me dio la real bienvenida.

<<Me estoy asando.>> fue lo que pensé cuando esa húmeda me pegaba con toda su fuerza en la cara.

Me abrí paso entre la multitud y mis tatuajes atrajeron miradas curiosas y ojos muy abiertos, tanto de los lugareños como de los viajeros. Aquí, los tatuajes no eran sólo arte corporal; eran temas de conversación.

Mi primera prueba real llegó cuando tuve que coger un taxi. Me acerqué a la línea, recitando mi español ensayado.

-Hola, ¿a la ciudad, por favor? - Se suponía que eso me llevaría al centro de la ciudad.

El taxista tomo mis maletas y mi hizo gestos para subir. Salimos del aeropuerto y el taxista dio la vuelta a una rotunda y de repente se detuvo. No entendía que decía pero entre sus manierismos y expresión facial me di cuenta de que ya no me iba llevar a mi destino.

-Ya no voy en esa dirección. Por favor, se baja aquí. - me decía y mi cara de horror no lo hizo reconsiderarlo.

Me quede parado en el medio de la nada con mi mochila y una maleta pequeña. Solo sentía las gotas de sudor que bajaban por mi espalda mientras la humedad me abrazaba.

<<Jack, por eso no salías de tu cubículo.>> me dije a mi mismo en ese momento.

Mientras buscaba señal de mi móvil se detuvo otro taxista. Ella se reía y decía que me montara que ella sí me podía llevar. Ella no dominaba el inglés ni yo el español. Pero hicimos el esfuerzo. La taxista asintió, sonriendo al ver la maraña de tinta de mis brazos. Me miró fijo en el retrovisor y dijo:

-Me llamo Estephanie. Le pido disculpa por lo vivido llegando a mi hermoso país. – sonreía mientras tomaba rumbo.

Dijo algo rápido y alegre, que no logre entender, y nos fuimos.

Lo que esperaba que fuera un viaje sencillo se convirtió en una excursión improvisada. La conductora, confundiendo mi interés por los paisajes que pasábamos con un deseo de explorar, se desvió de la ruta prevista.

<< Moriré en una de las calles de Panamá, Dios mío.>> me repetía mientras frenaba con mis pies con cada vuelta. El tráfico de Panamá también me daba la bienvenida.

La taxista solo sonreía mientras zigzagueamos a través de bulliciosos mercados, a lo largo de la costa con vistas de los barcos que hacían cola para entrar en el Canal de Panamá, y pasamos junto a altísimos rascacielos que brillaban bajo el sol tropical. En cada parada, ella señalaba con entusiasmo y yo asentía, fingiendo entender. Cuando llegamos al centro de la ciudad, sabía más sobre la historia de Panamá de lo que había aprendido en ninguna guía, gracias a la mezcla de inglés entrecortado y pantomimas animadas de mi conductora.

Deseoso de estirar las piernas, le di las gracias, y de algún modo, acabé con su tarjeta de visita, tres en realidad.

-Que el señor me lo acompañe mi Ángel. – me dijo mientras cerraba el baúl.

Entré en un animado mercado, donde el aroma de empanadas frescas y plátanos fritos llenaba el aire. Una hermosa morena me miraba de arriba abajo y me dijo de forma muy sensual:

- ¿Necesitas compañía hoy blanquito? – creo que mi cara de confusión era evidente. Dos hombres sentados se reían para no decir burlaban de mí.

- No, gracias. Yo solo quiero 'eat something.' – le respondí cuando logré descifrar la oferta de la morena.

Seguí caminando entre los puestos de comida. Me maravillaba ver como estos puestos rebosaban de frutas de colores y artesanía, y no pude evitar zambullirme. Fue entonces cuando se produjo la subasta de pescado.

Estaba admirando unas obras de arte locales cuando un pescador, confundiendo mi interés con una intención de compra, me puso una paleta de puja en la mano. Antes de darme cuenta, estaba en medio de un griterío de pujas. Preso del pánico y confuso, agité la paleta, pujando accidentalmente. La multitud rugía de risa mientras los precios se disparaban, y yo me quedé allí, un gringo desventurado atrapado en el frenesí de la subasta. ¿Mi premio accidental? Un marlín gigante, que no tenía forma de guardar ni cocinar.

Por suerte, un amable lugareño de nombre Casal se apiadó de mí. Se rió a carcajadas mientras explicaba mi situación a la divertida multitud, y luego me ayudó a donar el pescado a un restaurante cercano. A cambio, el chef me invitó a una comida, que se convirtió en una improvisada clase de cocina. Allí, cubierto de harina y más despistado que nunca, conseguí aprender a hacer una empanada decente.

Cuando regresé a trompicones a mi albergue, estaba agotado, perplejo y completamente enamorado del caos del viaje. Mi primer día había sido nada menos que una aventura cómica, que marcó el tono de lo que esperaba que fuera un viaje lleno de risas y giros inesperados. Gracias Panamá por recibirme.

Desde Ciudad de Panamá, tomé un vuelo a Santiago de los Caballeros, atraído por historias de música vibrante, béisbol apasionado y la promesa del mejor ron bajo el sol. Al aterrizar en la República Dominicana, los contagiosos ritmos del merengue y la bachata me saludaron incluso antes de bajar del avión. Las personas aplaudían que habíamos llegado. Un grupo de gente en la parte trasera del avión sacaron instrumentos musicales. Y la gente celebró por el simple hecho de aterrizar.

<<Esto va a estar muy interesante si apenas esto es llegando.>> pensé mientras asentaba al ritmo de la música.

Me instalé en una pequeña pensión que me alquiló mis amigos José y Freddy. Se reían con mi historia del percance de la subasta de pescado.

-Tipo, hace tanto que no te vemos. ¿Cuéntame de esos tatuajes? – me preguntaba José.

-Cosas de viejo. Me hice el primero con la muerte de Kobe y no sé, quede adicto a la tinta. - decía en un español masticado mientras me reía con ellos.

Les hicieron especial gracia mis tatuajes y bromearon diciendo que, con mi tinta y mi estatura, encajaría perfectamente con alguna celebridad local. Freddy me sirvió una cerveza Presidente 'vestida de novia' por lo congelada que estaba. Echamos algunos cuentos y luego siguiendo sus consejos, me aventuré en la ciudad para empaparme de la cultura y, quizá sin quererlo, volver a hacer el ridículo.

Mi primera desventura empezó en un campo de béisbol local. Me acerqué pensando que iba a ver el partido, pero tras una serie de gestos entusiastas y un español entrecortado, me encontré vestido y de pie en el campo. Debieron de pensar que mis tatuajes indicaban alguna destreza atlética. 'Spoiler': no era así. Cada vez que fallaba un lanzamiento, que eran todas las veces, el público me aclamaba, con sus risas cálidas y alentadoras en lugar de burlonas. Al final del partido, me apodaron 'El Blanco Volador', que se refería más bien a mis intentos de atrapar la pelota y acabar en el suelo.

Esa misma semana, la verdadera prueba de mi coordinación -o falta de ella- tuvo lugar durante una fiesta local. Todo el que me conoce sabe que nací con dos pies izquierdos. Y a Santiago le encanta una buena fiesta, y yo estaba en medio de ella, rodeada de bailarinas cuyas caderas parecían moverse por su propia voluntad mágica. Animado por algunos nuevos amigos y quizá demasiado ron, me lancé a bailar.

<< ¿En que me estoy metiendo? Es el primer baile y ya me duele las caderas.>> pensaba mientras hacia mi mejor esfuerzo.

Intentando imitar los fluidos pasos de merengue que veía, acabé pisando los dedos de los pies, enredando las piernas y, en un momento dado, rasgando la costura trasera de mis pantalones por la mitad. La gente se rió a carcajadas cuando hice una reverencia y me marché arrastrando los pies, con la cara tan roja como el sol poniente.

Recordé nuevamente << Ahí va el Blanco Volador. >> no podía dejar de reírme de mi mismo.

A pesar del desastre del baile, los lugareños me invitaron a cenar con ellos, donde empezó la verdadera fiesta. Se repartieron platos de sancocho y mofongo, y se compartieron historias. Cada persona que conocí parecía tener una historia más divertida que la anterior, y ninguna escatimó detalles sobre sus propios momentos embarazosos, lo que me hizo sentir como en casa.

Cuando la noche tocaba a su fin, José y Freddy me encontraron, todavía riéndose de mi anterior debacle de baile. Freddy me dio una palmadita en la espalda y me entregó una botellita de Barceló, ron local:

-Para que practiques el baile en casa. - me dijo, guiñándome un ojo y muerto de la risa.

Exhausto pero eufórico, la noche terminó con un cielo estrellado, con los sonidos de las risas resonando en mis oídos. Santiago me había mostrado una faceta de los viajes que nunca había conocido: una en la que cada tropiezo y cada paso en falso formaban parte del baile.

Desde el caos rítmico de Santiago, mi siguiente salto me llevó a Trinidad y Tobago, una nación con dos islas, durante la época más vibrante del año: Carnaval. Llegué al ritmo palpitante de la música Soca y a unas calles llenas de colores tan vivos que casi parecían irreales. La energía era contagiosa, y los lugareños se estaban preparando para lo que prometieron que sería el punto culminante de mi viaje. Me decidí ir a Trinidad gracias a un cliente y amigo, Dennis.

-Jack, te tengo unas taquillas para el 'Carnaval'. Inclúyelo en el 'road trip' que me dijiste. –

- ¿Dónde reservo hotel? – le pregunte. Nunca había visitado Trinidad por lo cual necesitaba la guía.

- ¿Reservar? De que hablas loco. ¡Es 'Carnaval'! Nadie duerme... eso es corrido hasta que te montes de regreso al avión. – me dijo entre risas.

En mi primer día, paseé por Puerto España, con los tatuajes a la vista y atrayendo las miradas de aprobación e intriga de los carnavaleros. No pasó mucho tiempo antes de que un grupo de simpáticos lugareños me atrajera y decidiera que yo también debía participar en las festividades. Confundieron mi entusiasmo con pericia y, antes de que me diera cuenta, me estaban probando un disfraz que consistía sobre todo en plumas y brillos.

La mañana del desfile, me encontraba entre avezados participantes del 'Carnaval'.

<< Me siento como una paloma entre pavos real.>> pensaba mientras me miraba de arriba abajo en el espejo.

Mi disfraz era elaborado, por no decir otra cosa, y manejar las alas gigantes era una comedia en sí misma. Cada intento de moverme con elegancia acababa enredándome con las plumas de otra persona o haciendo de photobombista accidental de los 'selfis' de los turistas.

<< Voy a terminar siendo viral sin darme cuenta. >> pensaba.

Mientras bailábamos por las calles, la energía de la multitud me impulsaba hacia delante, y poco a poco empecé a cogerle el truco... o eso creía. Justo cuando empezaba a disfrutar, un cambio repentino en la música provocó un cambio en la rutina de baile, que fracasé estrepitosamente en seguir. Mis dos pies izquierdos se convirtieron en un espectáculo hilarante, ya que tropecé con mi propio disfraz, haciendo volar las plumas en una cómica explosión.

<< El Blanco Volador.>> volví a recordar en ese momento.

La gente que me rodeaba estalló en carcajadas, y sus vítores y aplausos me empujaron a levantarme e inclinarme teatralmente, asumiendo mi metedura de pata como un auténtico artista.

Después del desfile, todavía recogiéndome las plumas del pelo, me aventuré a probar algo de cocina local, una decisión que conduciría a mi siguiente desventura. Me uní a la cola de un vendedor ambulante, atraído por los deliciosos olores que salían de su parrilla. El vendedor, al ver los restos de mi disfraz, me propuso un reto:

-Prueba nuestra salsa más picante, Bertie's. - dijo con una sonrisa pícara. Ansioso por demostrar mi recién descubierta valentía isleña, acepté.

El calor me golpeó como un tren de mercancías. Me lloraban los ojos, la cara se me puso roja como un tomate y estoy seguro de que me salía vapor por las orejas. El vendedor me dio una Carib bien fría entre risas, mientras una multitud se reunía para contemplar el espectáculo del turista luchando contra la infame salsa de pimienta de Trini. Necesité una botella de agua y muchas risas para refrescarme, pero cada carcajada de los lugareños hacía que la quemadura fuera un poco más soportable.

Mientras el sol se ponía sobre Trinidad, mi día terminó con nuevos amigos contando historias de carnavales pasados, cada historia más salvaje que la anterior. Sentado allí, escuchando cómo las risas se mezclaban con el fondo de música calipso, sentí una profunda alegría. Trinidad me había enseñado que incluso un paso en falso -o un baile en falso- podía ser el paso al corazón de una cultura.

Dejando atrás el calor tropical de Trinidad, aterricé en San Francisco, California. La brumosa ciudad conocida por sus icónicos puentes, sus empinadas colinas y un ambiente excéntrico que estaba deseando explorar. Con una sonrisa pícara, pensé:

<< ¿En cuántos problemas se puede meter uno en una ciudad tan tecnológica?>> Resultó que la respuesta era bastante.

Mi primer día en la ciudad empezó con el ambicioso plan de ver de cerca el puente Golden Gate. Armado con el GPS de mi teléfono, emprendí lo que pensé que sería un simple viaje en tranvía. En lugar de eso, acabé en una búsqueda inútil por las famosas colinas de la ciudad, gracias a mi incapacidad crónica para teclear en el móvil y mi lengua nativa 'Spanglish'. Introduje 'Golden Gait Bridge', y mi GPS, siempre tan servicial, me dirigió a un pequeño estudio de danza en el distrito de la Misión que ofrecía clases de 'Golden Gait', un estilo de danza para ancianos.

<< Para un hombre con dos pies izquierdos sí que tengo un imán para atraer todo tipo de danzas.>> pensaba mientras miraba nuevamente el GPS a ver dónde me equivoque.

Cuando me di cuenta de mi error, ya estaba siendo recibido calurosamente por un grupo de animados mayores que insistían en que me quedara a una clase. Pensando por qué no, me uní a ellos. El baile, una interpretación a cámara lenta de varias posturas parecidas a un puente, fue tan hilarante como conmovedor. Mis escapadas anteriores no tenían nada que envidiar a intentar seguir el ritmo de los ágiles octogenarios que se contorsionaban graciosamente a mi alrededor.

<< Durante el baile miraba a mi alrededor y me venía a mi mente los famosos pretzeles Auntie Anne's.>>

Me fui con los músculos doloridos y una invitación a su baile semanal.

Decidido ver realmente el puente, hice otro intento al día siguiente. La niebla era espesa, por lo que el puente apenas era visible cuando por fin me planté ante él. Mi intento de hacer lo que habría sido una foto panorámica se convirtió en una serie de fotos artísticas de niebla gris. Cuando intenté hacerme un 'selfie' con lo que supuse que era el puente al fondo, una gaviota decidió hacerme un 'photobomb', lo que resultó en una instantánea perfecta de culo de pájaro y niebla.

-Eso me pasa por siempre estar criticando las benditas 'selfis'. – me dije a mi mismo mientras me reía un rato.

Sin dejarme disuadir por los elementos naturales, me dirigí a las bulliciosas calles del centro, donde mis tatuajes despertaron de nuevo el interés, esta vez de un grupo de empresarios tecnológicos que me confundieron con un diseñador gráfico debido a mi "piel artística". Recordaba en ese momento a una gran amiga panameña que siempre me decía:

-Saca esos tatuajes a respirar. - y el recuerdo me trajo una sonrisa inmediata.

Antes de que me diera cuenta, me estaban conduciendo a un elegante espacio de oficinas para lo que yo creía que era una visita rápida. Resultó ser una fiesta de presentación de una nueva aplicación y, de algún modo, me confundieron con un colaborador clave.

Me dejé llevar, disfrutando de aperitivos gourmet gratuitos y asintiendo con la cabeza a jerga tecnológica que apenas entendía. Incluso di un discurso improvisado sobre la importancia de la "integración estética en las interfaces de usuario", frase que oí mientras esperaba en la cola para ir al baño. El aplauso fue desconcertante pero genuino, y me fui con una bolsa llena de artilugios y una vaga oferta de trabajo al menos eso entendí.

Cuando por fin me senté frente a la bahía, con el Golden Gate apenas visible en la neblina que se despejaba, no pude evitar reírme. San Francisco, con su mezcla de belleza, excentricidad y confusión brumosa, me había proporcionado el final perfecto de mis viajes. Había buscado la aventura y la había encontrado, no sólo en los lugares que visité, sino en los momentos jocosos e inesperados que habían llegado a definir mi viaje alrededor del mundo.

Cuando bajé del avión por el Boston Logan, que en mi opinión es de los aeropuertos más modernos, la familiaridad del aeropuerto me resultó reconfortante y surrealista a la vez. Mi viaje me había llevado de las bulliciosas calles de Ciudad de Panamá a los vibrantes carnavales de Trinidad y, finalmente, a las brumosas colinas de San Francisco. Y que no se me olvide que salí bautizado el "El Blanco Volador" en Santiago. Cada destino había dejado su huella, no sólo en mi pasaporte, sino en mi corazón y en las líneas de mi risa.

Sentado en mi modesto apartamento, rodeado de recuerdos y obsequios, – una Mola que me regaló, Casal, un amigo nuevo que sumé a mi vida, una pluma del traje de carnaval en Trinidad, una botella de ron Barceló dominicano de Freddy y José, un artilugio tecnológico de mi futuro empleo en San Francisco-, no pude evitar reflexionar sobre lo absurdo y la alegría de mis viajes. Mis tatuajes, que antes no eran más que recuerdos personales, se habían convertido en historias que compartía con desconocidos curiosos, convirtiéndose en puentes que me conectaban con el mundo.

¿Y faltaron historias? Esas tenemos para llenar las páginas de un libro. Desde comprar accidentalmente un marlín en una subasta de pescado hasta bailar con ancianos en San Francisco, cada metedura de pata me sacó de mi zona de confort y me llevó a los brazos de nuevos amigos. No eran sólo historias de viajes; eran lecciones de vida disfrazadas. Aprendí que el humor era un lenguaje universal, quizá más que cualquier otra lengua que hubiera intentado hablar. Rompía barreras y creaba vínculos de formas que nunca había imaginado.

Volver a casa no fue el final de mis aventuras, sino una pausa, un respiro antes de volver a sumergirme en lo desconocido. Con cada persona que se reía de mis historias, sentía una chispa, un impulso de embarcarme en el siguiente viaje, de ver qué otras escapadas alegres me esperaban.

Por ahora, conservaría cerca estas historias, estos momentos de pura conexión humana y alegre locura. Eran recordatorios de que, a veces, lo mejor de viajar no es adónde vas o lo que ves, sino los momentos impredecibles que nunca podrías planear, los que te hacen volver por más.

Historias del Viajero

El 13 de febrero del 2020 vive marcado en mi mente. Yo estaba sentado en la puerta de embarque del aeropuerto Internacional Juan Santamaria de Costa Rica. Que nervios los míos. Desde que tengo uso de razón viajaba en avión a todas partes del mundo sin preocupación. Pero hoy las noticias nos preocupaban a todos. Mientras volvía a mirar mi pasaje por octava ocasión tocía una señora sentada dos filas más adelante. De repente varios sentados cerca de ella se levantaron y se movieron con sus maletas al otro extremo. Una vez se acomodaron se levantaron corriendo nuevamente por el estornudo de un niño en la cercanía.

<< ¿No saben que vamos todos en el mismo avión? >> pensaba mientras me reía solo.

La verdad no era mi intensión ridiculizar las personas. La realidad era que estábamos todos nerviosos. Una semana antes las noticias afirmaban el comienzo de una "plaga" que azotaba al planeta.

El señor en el mostrador tomo el altoparlante para informarnos a todos que la sala de espera haría honor a su nombre mientras decías las palabras más temidas de todo viajador frecuente.

-Sentimos informarles que el vuelo se ha atrasado. Cuando tengamos más información les estaremos avisando-

Y no se hizo esperar cuando la gente comenzó a enfurecer. Nunca he entendido la necedad de la gente si soy sincero. La persona del mostrador que apenas sabe leer los apellidos en los pasaportes que culpa puede tener de la logística aeronaval.

21 | Tommy Lorenzo

Me llegó un texto justo cuando me levantaba a buscar un café. Era la aplicación de la aerolínea 'El vuelo KB248 tiene una demora de 4 horas'. En ese instante, no miento, que también tuve ganas de ir a estrangular al pobre hombre del mostrador.

Con eso decidí salir del aeropuerto, a comer algo en la provincia de Alajuela. Me gustaba mucho un sitio típico llamada El Fogoncito que hacían en mi opinión las mejores chuletas del país. Mi amigo Cuco me había dejado ya hacía una ahora en el aeropuerto, pero igual intenté llamarlo a ver si aún estaba en el área y por suerte tomarnos algo mientras esperaba. Le marqué rápido a ver si la suerte me acompañaba.

- Cuco, no lo vas a creer hermano. La aerolínea tiene un tema con la conexión. Quiero pensar que no tiene nada que ver con esa plaga que mencionan. ¿Aun estas en el área para salir a comer alguito? -

- ¡Uy, mae! Vieras que ya ando por Escazú, mae… Mae, ¿porque no se toman un Uber y vienen hasta acá? –

- No te preocupes, tranquilo. Era yo aquí pensando si aún estabas en el área. Mejor salimos del vestíbulo y comemos algo por el área del mostrador y luego paso seguridad nuevamente. Al parecer lo más que tenemos es tiempo. Te envío otro abrazo, Cuco. –

Fue un buen intento. Con Cuco siempre se pasa bien. Desde que conocí a Cuco y me brindó su amistad Costa Rica se convirtió uno de mis países favoritos de visitar. La gente es tan amable y Cuco es su embajador.

Sali y regresé rápido. Andaba un poco estresado. Los nervios los tenía algo alterados por el vuelo, encima la preocupación de la supuesta plaga, esto sin sumar mis peleas internas ya que todo el que me conoce sabe que detesto volar de noche. Sí, yo sé, es una tontería para una persona que ya tiene, 'casimente,' (como diría mi hija) más de un millón de millas acumulados como viajero. Aproveché que no había mucha gente en fila en el área de Premier Elite a ver si mí 'estatus' me ayudaba conseguir alguna otra opción, aunque fuera un asiento más cómodo que el F08.

Estábamos en la fila detrás de una pareja de ancianos de origen desconocido, al menos para mí porque no lograba captar su acento, discutiendo el peso de sus 4 maletas. Me preguntaba si cuando llegara a esa edad también sería igual de terco. Cuando volteé a mirar detrás de mi vi la aparición instantánea de la mujer que me dejó en esta vida sin aliento. Una morena con la piel canela y los ojos achinados. Ella tenía el cabello negro liso y largo hasta la espalda. Y un aura en su andar como la chica con más 'likes' en las redes sociales. Estaba vestida con un gusto sutil. Una blusa azul de seda. Unos mahones, como dicen los reggaetoneros de en mi islita, tan apretado que la forma que le daba a sus caderas era angelical. Sin dudar un instante esta mujer era la más bella que he visto, pensé. En ese momento decidí que le daba mi apellido, el pasaporte y las llaves de la casa si ella lo deseaba. La maleta como toda modelo de Instagram era más grande que ella y posiblemente rallaba en el límite del peso.

La chica del mostrador me llamó con voz alta y me bajó de las nubes.

-Señor, ¿piensa quedarse ahí mirando al espacio? -

-Disculpe señorita, ¿cree usted en el amor verdadero? ¿En ese amor que todo lo puede? -

-Claro que sí. - Me dijo sin mirarme, con la vista fija en la pantalla de la computadora.

- ¿Cómo les podemos asistir? – me preguntó.

-Mi vuelo veo que está atrasado muchas horas. ¿Sera posible bordar uno más temprano? -

Me mira por primera vez con sus ojos verdes de esmeralda.

- Siento decirle que no tenemos vuelos más temprano hoy. Y, siendo sincera, deben tomar este vuelo porque el próximo no está garantizado. – dijo en una voz más baja para no llamar la atención.

- ¿Sera viable algún asiento en primera clase entonces? –

- Si, aquí los puedo acomodar sin problemas. Solo debe autorizar un pago o utilizar sus puntos para cubrir la diferencia. –

-Excelente, vamos a utilizar los puntos. -

Marcó el tiquete de embarque, el número del asiento y me lo entregó con el resto de mis papeles, mirándome nuevamente con unos ojos agotados pero serenos. Emocionado me volví con los tiquetes de primera clase a ver la morena pero ya se había marchado.

Las noticias no se equivocaban. La plaga que se avecinaba resultaría ser la más grande que hemos vivido en nuestra generación. El mundo estaba por cambiar, pero aún no lo sabíamos mientras caminábamos por los pasillos del aeropuerto. El nerviosismo era palpable y la tensión iban en aumento. Vuelo tras vuelo comenzaron las cancelaciones y los atrasos. Busqué refugiarme en la sala de la primera clase. Era un oasis, asientos cómodos espaciosos y hasta la música parecía tan sublime y sedante como lo pretendían aquellos que originaron la diferencias en clases sociales.

<< Mi chica hermosa debe estar por aquí con sus gafas gigantes modelando para sus redes sociales. >> en ese momento pensé.

Y la busqué por todos los rincones de la sala, meditando que tal vez podía revertir la situación. Pero no tuve suerte, la mayoría de las personas en el salón estaban todos cabizbajos metidos en sus adicciones, los móviles. Como si se pusieran de acuerdo, mi móvil también llamaba mi atención. 'Your flight KB248 is now departing from gate 8 at 7:30pm,' en inglés o en español la noticia era la misma, saldremos de noche hoy. Sin darme cuenta el salón se llenó de muchísima gente en un abrir y cerrar de ojos. Nunca he sido fanático de las multitudes y ya comenzaba a sentir el calor tan insoportable, necesité salir corriendo de la sala.

Me sorprendí al salir y ver como todas las salas de espera y pasillos ahora estaban aglomerados de gente también. No se veían asientos ni siquiera en las escaleras. La gente estaba tirada como ganados juntos a sus niños y los montones de 'carry-ons' por doquier. Se asemejaba a caminar por un laberinto. Los monitores del aeropuerto le sumaban a la situación caótica, viaje tras viaje reportaba un atraso o posible cancelación. Dentro del espantoso panorama pensé que podía ver a mi chica hermosa sentado por alguna esquina y eso me dio fuerzas para no correr de regreso al salón de primera clase.

Caminé por varias horas por el aeropuerto mirando la invasión de café Britt cada dos pasos, o al menos eso parecía.

<< Creo que he aumentado 5 kilos en estas horas comiendo las muestras de chocolates Britt's. >> pensé detenidamente.

Miré hacia el fondo de la tiendita rotulado 'Rumbo Pura Vida' y de lejitos reconocí las grandes gafas de mi hermosa. Allí se tomaba una de las tantas selfis que hoy día son tan populares. Entre el gentío de personas vi que ella posaba frente un pequeño kiosquito que decía 'Costa Rica Means Coffee' con varios de los empleados de la tienda. Comencé a caminar hacia ella. Era un buen momento para comenzar una conversación. Pero cuando llegué al kiosco solo me recibieron los empleados con una oferta tentadora, 'compré 2 bolsitas de café y se puede llevar una gratis'. Solo sonreí y comencé a buscar a la señora chiquita de mis sueños, pero no tuve suerte, ya se había ido. Miré mi reloj y ya se acercaba la hora de bordar nuestro vuelo. Había tanta gente en el aeropuerto que ya comenzaba a subir un olor difícil de describir. Sinceramente, a pesar de mi amor por Costa Rica, me alegré de que ya era la hora de irnos.

El vuelo a Fort Lauderdale que salía a las 7am se preparaba salir ahora a las 7:30pm. Todo un día en el aeropuerto. Gracias al Poderoso por fin logramos embarcar, los pasajeros de la primera clase subían al vuelo como si estuvieran en la carpeta roja. Cuando toco mi turno la azafata tomo mi chaqueta para acomodarla en el pequeño closet cerca de la cocina. Mi alegría de finalmente subir al vuelo se hizo aun mayor cuando vi que ya la hermosa estaba sentada justo a mi lado en los asientos F5 y F6. La hermosa morena se estaba acomodando en su espacio.

-Por fin ya vamos a despegar. - le comenté, pero ni una mirada me dio.

La observé mientras se instalaba. De su gigantesco bolso, que en mi opinión fácilmente se podía facturar como otra maleta, saco una colección de suplementos. Una loción marca 'Austra Dream Night'. Un mist 'Mood'. Entre los montones de tubitos creí ver algo que se llamada hidratación nocturna. Por un momento sentí estar en un Sephora aéreo. Pensé que era un buen momento para conversar con ella cuando se acercó el sobrecargo con la champaña de bienvenida.

-No gracias. Un té para mí, por favor. - por fin habló la morena.

Llego el sobrecargo con el té y nos leyó el menú de opciones para la cena de hoy. Mientras yo preguntaba si algo de eso tenía champiñones, que no me gustan, mi adorada reina a mi lado se tomó unas pastillas. Sacó su móvil y se tomó otra bendita selfi. Con los dedos a una velocidad inconcebible subía la foto con alguna cita copiada de algún libro. Se viró al sobrecargo y con una seriedad peculiar dijo…

-No deseo comida, gracias. Por favor no me interrumpa quiero dormir todo el vuelo. -

Con eso ella extendió su asiento al máximo. Se cubrió con la manta hasta el cuello y se puso un antifaz sobre los ojos, se acostó de medio lado. Dándome la espalda a mí.

Curiosamente así durmió corrido, sin un cambio de posición durante las tres horas y algo del vuelo hasta Fort Lauderdale.

Mi suerte no pudo ser peor, el vuelo por casi hora y media fue intenso con mucha turbulencia. A pesar del movimiento brusco del avión ella no se inmutó en todo el camino. Aproveché el tiempo para escuchar algunos podcasts que había bajado a mi dispositivo. Pero fue difícil concentrarme.

La miraba fijamente y pensaba, << Una mujer morena es lo más hermoso en esta vida. >>

Y aquí durmiendo estaba la más hermosa que había visto. Aun con la distancia que nos separaba olía su fragancia que más allá de su perfume emanaba de su cuerpo. No soy bueno con descripciones, pero si fuera posible describirlo era un aroma de café con flores.

En media hora no volví a ver las azafatas y me preguntaba si estaban igualmente preocupados por el movimiento brusco del avión. Cuando el nerviosismo comenzaba a apoderarse de mí vi las azafatas comenzar a preparar el carrito de ventas de auriculares, colchas y otras 'chucherías' como diría mi abuela.

Me tocó comerme la pasta con queso solo. Tengo que agregar que el vino rojo que pedí estaba muy balanceado y sentí que sería una falta de todo no pedir una segunda copa. Tomé ese ratito para pensar en todo lo que le diría a la morena. Me encanta hacer historias con algo de humor.

<< Te encantaría saber mi cuento del viaje a Washington en época de toque de queda. >> pensé entre risas.

Levanté mi copa y brindé en su nombre,

<< Por ti mi hermosa. >> Pero su sueño siguió sin interrumpirse.

Aproveché y pedí una tercera copa y la azafata ya me miraba algo extraño.

Culminé mi pequeña cena. Mientras corría la película que nadie le prestaba atención salvo aquellos que peleaban porque su monitor no mostraba nada.

<< Que risa con la gente. Siempre quieren tener lo que no pueden tener. Apuesto que si estuviera corriendo la 'movie' tampoco la verían. >> pensaba mientras el vino ayudaba reírme entre la turbulencia.

La plaga más impactante de nuestra generación estaba por llegar. Pero en esta noche, en el Atlántico el avión cruzaba en oscuridad con solo las estrellas de compañía. Extendí mi asiento también y me acosté de lado observando la morena dormir. Me fijaba como ella descansaba con su sábana hasta el cuello como si estuviera acostumbrada, a volar en momentos de tempestad.

<< ¿Como logras dormir como si nada pasara? Podría ser nuestra última noche en este vuelo y duermes como si no estuviera yo aquí. >> me preguntaba.

El amor tiene una forma curiosa de afectarnos a todos. Para algunos el amor son cuentos inalcanzables. Para otros como yo, sentimos que el camino comienza con esa mirada que nos conecta y se desarrolla con el tiempo en los detalles que se van forjando. Y ahí estaba ella suspirando tranquilamente con sueños que solo ella sabe. Mientras que yo estoy despierto compartiendo la noche y el espacio completamente enamorado de esta morena desde el momento que la vi. Cual tonto yo aquí velando el sueño de mi morena.

Posiblemente dormí unos veinte minutos vencido por las copas de vino. Me levantó un fuerte movimiento del avión y sonó el indicador de abrocharse los cinturones. Con todo y el nerviosismo me levanté al baño. Mientras caminaba hacia el baño vi como todos dormían sin preocupación alguna. Salvo un chiquillo que miraba con intensidad los muñequitos en una tableta.

<< En esa oscuridad vas a necesitar lentes pronto. >> pensé.

En el baño me lavé la cara porque sentía el efecto del vino haciéndome sus estragos en el rostro. Me miré en el espejo por un rato.

<< ¿Cómo llegué a este punto? >> me preguntaba en voz baja.

En ese instante de reflexión escuché al piloto comentar que ya nos acercamos al aeropuerto y que había poca visibilidad debido a unas nubes bajas. Corrí prácticamente hasta mi asiento, no pensaba morir en el baño de un avión si ese era el destino que me tocaba.

La morena no despertó, ni siquiera se inmutó con el movimiento ni el anuncio del piloto. Pensé que era un buen momento para despertarla y ver si me llenaba de valentía para hablarle. Aunque la idea me pareció buena no lo intenté, nada peor que conversar con ella enfurecida. Para mi sorpresa, sin aviso ninguno, despertó sin ayuda en el instante en que se encendieron las luces y comenzaron los anuncios de aterrizaje.

Se estiró con las manos al aire, como si fuera un atraco, apuntando lo más alto posible. Se peinó la pollina con la mano, y se retocó el maquillaje. Tomó su móvil y abrió su cámara para tomar varias 'selfis y un video', mientras yo la miraba, ella escribía #felizviaje bajo una de las fotos.

Se removió la manta y la puso a un lado. Finalmente me miró y dijo:

-Mi abogado te llamará con los papeles del divorcio. No me llames. –

Entonces se puso sus auriculares, se acomodó sus gafas gigantes y tomó su bolso. Con eso la morena más hermosa que he visto se fue y con ella el amor de mi vida.

De la Oscuridad al Destino: Una noche en Santiago

6 de julio, 2011-República Dominicana

Como consultor de ventas de tecnología, viajar no era simplemente un componente de mi trabajo, sino que se convirtió en parte de lo que yo era. Aquella semana estaba especialmente cargada, con dos eventos importantes programados. El primero había concluido con éxito en Santo Domingo, y el segundo estaba previsto en Santiago al día siguiente. El motivo de nuestro viaje aquella tarde estaba claro: yo iba a ser ponente en el evento de Santiago, donde me esperarían varios clientes de diversos sectores. Me acompañaba un amigo y colega local que trabajaba para otra empresa de software. Estaba familiarizado con las carreteras y había recorrido estos caminos muchas veces, lo que me tranquilizó mientras emprendíamos lo que se suponía que iba a ser un viaje rutinario.

Nuestra emoción era palpable; era mi debut como ponente en Santiago de los Caballeros. La expectativa de compartir conocimientos y establecer contactos en una ciudad nueva añadía una capa adicional de entusiasmo a nuestro viaje. Sin embargo, a pesar de la emoción, había una persistente cautela aconsejada por muchos que conocían bien la carretera. Avenida Juan Pablo Duarte, nuestra ruta vespertina, era famosa por sus riesgos, sobre todo al anochecer. La escasa visibilidad y la imprevisibilidad general del estado de la carretera habían suscitado las advertencias de varios lugareños:

-Sal con antelación para evitar cualquier contratiempo. -nos dijeron en más de una ocasión.

Pero los plazos y los horarios dictaban otra cosa, y nos encontramos en la Avenida Duarte a las 8 de la tarde, una decisión de la que pronto nos arrepentiríamos.

Avenida Juan Pablo Duarte estaba envuelta en la oscuridad, las farolas apenas marcaban la negrura de la noche. La carretera era infame, no sólo por su tráfico, sino por los elementos imprevisibles que a menudo convertían un viaje rutinario en una travesía peligrosa. Mi amigo Silverio, el conductor, contaba una anécdota de otro de sus viajes, en el que se salvó por los pelos de una colisión con un perro grande cuando se dirigía a Punta Cana.

-La carretera hacia Punta Cana sigue en obras. Pero hace unos años, hermano mío, aquello era una pura locura. - dijo emocionado.

-Sólo puedo imaginarlo. – le dije.

-Era similar a la carretera, pero había que conducir de 5 a 6 horas para llegar. La nueva construcción reducirá el tiempo a 3 horas. - continuó.

- ¡Vaya! ¿Cómo se pasa de 6 horas a la mitad? Eso si es una locura. - le dije

-Sí, mi hermano, es así. Antes ni siquiera podías ver mucho delante de ti. Recuerdo que alquilé un Hummer e iba como a 130 km/h cuando, de la nada, un perro enorme intentó cruzar delante de mí. Lamentablemente, debido a la velocidad, no pude detenerme y, bueno, el perro ya no está entre nosotros. - Dijo esto de forma informativa pero con un deje de tristeza. Siempre conocí a Silverio como un amante de los perros.

Como impulsado por sus palabras, un gran perro negro salió de entre las sombras y se interpuso en nuestro camino.

El impacto fue inmediato y brusco. Golpeamos al perro y el vehículo derrapó sin control. En esos momentos frenéticos, nuestro todoterreno chocó con otros vehículos, se saltó varias señales de stop, se estrelló contra una barrera metálica y, por último, derribó un poste de la luz. Estoy seguro de que dimos al menos dos vueltas de 360° y una voltereta. Lo último que oí fue el despliegue de los airbags. El estruendo del metal chirriante y los cristales rotos fue ensordecedor, y luego, tan repentinamente como había empezado, se hizo el silencio: un silencio espantoso y pesado, interrumpido por el siseo del motor humeante.

Las secuelas fueron caóticas. El todoterreno era una ruina destrozada, y nosotros estábamos atrapados dentro, inconscientes y vulnerables. En lo que parecía un destino retorcido, un gran semirremolque se precipitaba por nuestra estrecha carretera, dirigiéndose directamente hacia los restos. Paralizado por el miedo y las heridas, luché débilmente por escapar, temiendo el inminente impacto. Milagrosamente, la incapacidad de mi cuerpo para reaccionar me salvó la vida: el semirremolque nos esquivó por poco y sus enormes ruedas pasaron crujiendo por donde yo había intentado arrastrarme. Mi vida pasó ante mis ojos.

- ¿Estás bien, mi hermano? - oí en voz muy baja.

Cuando miro a mi izquierda, Silverio se está enderezando del airbag con la nariz ensangrentada. Pude ver que tenía algunas marcas de quemaduras en la zona del cuello y los hombros.

En la República Dominicana, las secuelas de los accidentes de carretera pueden atraer rápidamente a multitudes, no siempre con intenciones de ayudar. Pero aquella noche la fortuna estaba de nuestro lado. En lugar de enfrentarnos a más amenazas, nos encontramos con una amabilidad inesperada. Los transeúntes, testigos del accidente, se apresuraron a socorrernos. Nos sacaron de entre las ruinas humeantes de nuestro vehículo, se aseguraron de que estuviéramos fuera de peligro y alertaron a los servicios de emergencia.

Entre los que acudieron a nuestro rescate estaba Carmen Victoria, una querida amiga que también estaba de visita en el país. A pesar de lo tarde que era y de lo remoto del lugar, no dudó. Al llegar al lugar, se coordinó con los primeros intervinientes e insistió en que recibiera atención médica inmediata.

-Tienes que recibir atención médica- me dijo seriamente.

-Creo que estoy bien. Un poco dolorido, pero Silverio se ha llevado la peor parte. Me pondré bien. - Estaba siendo testarudo. La verdad era que estaba mareado, el cuello me mataba y no podía andar derecho.

-No habrá negociación contigo. Puedo llevarte yo o haré que te lleve la ambulancia y punto. - Nunca la había visto tan autoritaria.

- Está bien. Está bien, de acuerdo. Iré contigo. No voy a subir a ninguna ambulancia. – le dije con una sonrisa nerviosa.

Su presencia era un faro de esperanza en medio del caos, siendo sincero. Afortunadamente, Silverio se encontraba bien, salvo por un flujo nasal. Estaba más nervioso por lo que pudiera ocurrirle a su coche, que había comprado recientemente.

El hospital era un borrón de luces y voces apresuradas mientras los médicos realizaban numerosas pruebas y remendaban nuestras heridas. Carmen permaneció a mi lado en todo momento, con su apoyo inquebrantable. Las heridas físicas se curarían con el tiempo, pero las mentales permanecían, atormentando mis noches y desafiando mis días.

Pasaron meses antes de que pudiera siquiera contemplar otro viaje a Santiago. Sin embargo, la vida tiene una curiosa forma de desarrollarse: la ciudad a la que una vez me acerqué con inquietud acabó convirtiéndose en mi hogar, el lugar donde una vez conocí a mi esposa. Ella que es ahora conocida cariñosamente como "la Hermosa Morena" en la mayoría de mis relatos. Santiago, con todos sus recuerdos tanto de terror como de belleza, se convirtió en una parte fundamental de mi historia y de mi vida.

El accidente en la Avenida Juan Pablo Duarte es un eco constante en mi mente, un recordatorio de la fragilidad e imprevisibilidad de la vida. Los viajes frecuentes, que antes eran una parte rutinaria de mi trabajo, tienen ahora un significado más profundo desde aquel fiel día. Cada viaje es un testimonio de supervivencia y una oportunidad para valorar las conexiones que establecemos. La terrible experiencia me enseñó la vulnerabilidad, la resistencia y el profundo impacto de la bondad humana.

A menudo oímos refranes como "vive cada día como si fuera el último", pero nada hace más patente ese mensaje que enfrentarse a un momento que bien podría haber sido el último. Desde ese día suelo decir con algo de afecto:

-Estamos vivos. – siempre que me preguntan como estoy. Y es que hoy sabemos pero de mañana no.

Los lazos que se forjan frente a la adversidad son indelebles, y mi experiencia en la República Dominicana sirve como poderoso recordatorio de esta verdad. Mientras continúo recorriendo este camino impredecible llamado vida, no sólo llevo conmigo los recuerdos de una noche casi mortal, sino un aprecio renovado por cada momento y cada persona que ha formado parte de mi viaje.

En memoria de Carmen Victoria Arjona

31 de julio de 1984-6 de junio de 2012

Fuego en el Cielo

Apenas había salido el sol cuando Luis se despertó sobresaltado en el frío y austero cuarto de baño de un hotel.

<< Donde rayos estoy.>> se preguntó.

Mientras se miraba en el espejo empañado, con su cuerpo ligeramente excedido de peso, que parecía fuera de lugar en aquel entorno desconocido, se preguntó en voz alta: "¿Dónde ha ido a parar todo esto?". Su voz resonó en las paredes de azulejos, sin encontrar más respuesta que su propio reflejo perplejo. Luis llevaba esta vida de 'nómada' como él le decía; viajando casi todas las semanas para poder proveerle a su familia las mejores cosas posibles.

Mientras tanto, Iris, compañera de ventas por más de 5 años, llamó ligeramente a la puerta de la habitación.

-Luis, ¿vas a esconderte ahí toda la mañana? Tenemos un vuelo a la que llegar. - Su tono era ligero, burlona, pero a la vez preocupada.

Luis abrió la puerta y trazó una sonrisa tímida. - Sólo intento averiguar si el tipo del espejo tiene idea de lo que está haciendo. -

-Únete al club. - dijo ella sonriendo. - Vamos a tomar un café. Puedes continuar tu crisis existencial con cafeína. -

Enclavada en los exuberantes y ondulados paisajes de las Islas Vírgenes Británicas, Tortola no sólo servía de pintoresco paisaje, sino también de escenario para una historia marcada por la agitación y la transformación. A principios de la década de 2000, Luis, un hombre alto y moreno de unos treinta años, con unos conmovedores ojos castaño oscuro y un físico que soportaba el peso de su reciente agitación personal, le dieron el territorio de las Islas Vírgenes, y las Islas conocidas como las West Indies.

Iris, una llamativa puertorriqueña rubia con un bronceado envidiable y una figura en forma. Juntos crear un equipo formidable de conocimiento técnico como destrezas sociales que eran evidenciados en la isla que con mucho cariño apodaban 'Las Tres Calles'.

Luis se alisto y preparo su maleta para unirse con Iris en el restaurante Turtle que eran famosas por sus panini's. Pidieron un Banana/Coffee colada para cada uno. Los viernes el lugar comenzaba a llenarse de turistas que viajaban para pasar el fin de semana en la isla.

- Iris, la verdad no sé hasta donde puedo seguir en esta situación. Ya mi relación está en sus últimas y no tengo idea que pasó. Un día hace 8 años me casé, tuve una hermosa hija, y ahora de repente se acabó todo. – Luis le comentaba mientras miraba las olas ir y venir.

-Luis tú sabes que te quiero. Pero seamos sinceros. Tu no vives en tu casa. Tu obsesión por ser el mejor ha generado un gigante distanciamiento entre ustedes, baby. – Iris le respondía comiéndose la mitad de su panini en un bocado.

-Pero también intenté ser el mejor esposo y padre. ¿eso no cuenta? Todo mi esfuerzo es para darles una mejor calidad de vida. – Luis tomo una larga pausa y continuó – ¿Te dije que la vi saliendo con otro? La llamé y me dijo que iba con una amiga a almorzar. – suspiro Luis con una frustración notable.

-Papi, pero 'again,' ¿que tu esperas? – ella bajo su voz y le dijo de forma más lenta – Nunca, estas, en tu casa. Nunca.

Luis la miró brevemente y se viró a mirar las olas azules agitadas por una tormenta que se vaticinaba.

Unas horas más tarde, sus bromas cordiales continuaron mientras embarcaban en el pequeño avión ATR 72. La expresión de Luis era inconfundible cuando se le acercó el avión.

<< Esto no puede ser. >> pensaba Luis en voz baja.

Luis miraba las azafatas, miró su pasaje fijamente y luego a Iris.

-Nunca me he fiado de estos aviones, - confesó, mirando nervioso a las alas. – Estas 'avionetas' son como una chiringa, el viento las sopla para todos lados. No sé si es mejor cambiar el vuelo. – decía el algo nervioso.

- Creo que es un poco tarde para pensárselo dos veces, querido. Además, sólo son treinta minutos de vuelo. - Iris se sentaba a su lado y riéndose suavemente.

Iris intentaba no reírse pero el nerviosismo de Luis era palpable. No dejaba de mover sus pierdas y chocaba sus rodillas. Luis miraba constantemente por la ventana y señalaba cualquier observación que el encontraba fuera de lo normal.

- ¿Tú sabias que estos aviones han tenido accidentes, no? En 1994 un vuelo con 68 personas se fue pa'bajo'. – decía subiendo su voz atrayendo las miradas de alguno de los pasajeros.

-Mira loco, cállate. Nos van a bajar del avión. Además eso pasó hacen décadas. Bajalé a tu intensidad. – le decía Iris mientras el avión despegaba del aeropuerto Internacional Terrance Lettsome.

El vuelo despegó sin contratiempos. El piloto les dio la bienvenida a todos los pasajeros y les agradeció por volar con American Eagle.

Iris le tomó la mano a Luis y le dijo:

-Viste, ¿Qué podría salir mal? – Y le dio un empujoncito de forma cariñosa.

Como una mala profeta, las palabras de Iris tienen un impacto, sin demora, una columna de humo comenzó a filtrarse en la cabina, causando un gran revuelo entre los pasajeros. La cara de Luis palidece inmediatamente.

-Porque tenías que hablar así, mal de ojo. - murmuró, medio para sus adentros.

-Luis, mírame, vamos a estar bien. Concéntrate en mi voz. Hemos manejado cosas peores en las reuniones de forecast, ¿recuerdas? - dijo Iris, cogiéndole la mano con firmeza.

El piloto salió de la cabina y caminó al área de la cocina trasera donde estaban las azafatas. Luis que estaba sentado en el asiento justo al lado de la cocina comenzó a meditar en sus propias palabras,

<< en la parte trasera tenemos más posibilidades de sobrevivir en un incidente.>>

-Tenemos al parecer algún corto circuito en el panel. Vamos a tener que regresar pronto al aeropuerto. Por favor prepara la cabina para un posible aterrizaje de emergencia. – le comentaba el piloto en voz baja a la azafata.

<< Dios mío, te juro cambiar. Hacer un mayor esfuerzo. No me dejes morir así.>> oraba Luis mientras el ATR viraba de regreso al aeropuerto.

El vuelo logró un buen aterrizaje, sin mayores complicaciones. Pero en el instante que el personal de las maletas comenzó a bajar el equipaje, el avión comenzó a lanzar chispas que parecían fuego. Del susto, Luis salió corriendo por la pista en un frenesí casi cómico, mientras Iris le seguía, con la diversión y el alivio bailando en sus ojos.

-Definitivamente, hoy estás haciendo cardio. - le gritó Iris, con un tono ligero a pesar de la gravedad de la situación.

En la terminal, Luis, aún recuperando el aliento, compró vuelos a Fort Lauderdale en un avión más grande, 'más seguro,' según su opinión.

-No más aventuras por hoy, por favor. - suplicó al agente, ganándose una sonrisa cómplice de Iris.

El calvario sirvió de catalizador para Luis. Ese día él se dio cuenta que cualquier día puede ser el último. Tomó ahí sentado la decisión de centrarse en renovar su fe y su salud.

<< Cada decisión cuenta. >> piensa Luis en voz alta.

Varios años más tarde, en una junta, Luis recordó el día del viaje y los cambios que ese incidente lo llevó a ejecutar. Aunque no logro salvar su matrimonio, si logró establecer una fuerte relación con su hija y ser una presencia más activa en su vida. También le puso atención a su salud física ayudándolo controlar su estrés, bajar de peso, y hasta de ánimo parecía ser una nueva persona. Luis miró a Iris, y le decía de forma reflexiva.

- ¿Recuerdas el vuelo donde casi morimos saliendo de Tortola?

-No estuvimos ni cerca de morir exagerado. Pero si, lo recuerdo vívidamente. ¿Por qué? – Iris lo miraba con una sonrisa tenue.

-Me miré en el espejo esta mañana y recordé ese día. Aunque no lo creas, ese día fue que di un giro a una vida más balanceada para mí. A veces sólo tienes que confiar en la brújula que Dios te ha dado. – le comentaba Luis mientras revisaban el proyecto.

-Me alegro de que reflexionaras que es mejor ser 'the best' en tu vida familiar y que el resto es un apoyo para lograrlo - coincidió Iris.

El viaje de Luis a través del miedo y la redención le enseñó lecciones inestimables sobre la imprevisibilidad de la vida y la fuerza que se encuentra en una vida balanceada.

Su historia es un testimonio del poder de la autorreflexión y de la importancia de cada elección que hacemos, y nos recuerda que cada día es una nueva oportunidad de dirigir nuestras vidas en la dirección correcta.

Aquel verano

San Juan, Puerto Rico, en el verano de 1993, estallaba con una vibrante mezcla de riqueza cultural y una paleta de tonos vivos. Las suaves olas del océano Atlántico besaban las playas de color azul, que parecían extenderse eternamente. Era una época anterior a que el reggaetón se apoderara de la isla. Era una época en la que la salsa y el merengue llenaban el aire de ritmos cadenciosos. Los sábados, podías oír 'Amores como el Nuestro' de Jerry Rivera o 'Vivir lo Nuestro' de La India y Marc Anthony sonando en las casas mientras la gente hacía la limpieza. Las calles bullían con la animada charla de turistas y lugareños por igual. En cada esquina había un grupo de gente con mesas jugando al dominó y tomando una Medalla.

En esos tiempos, Ricardo era un joven atlético que intentaba conquistar el mundo del baloncesto. Aquellos sueños nunca se materializaron, pero en los años 90 nada le impedía intentarlo. Corría de cancha en cancha con sus amigos Eduardito, William y Samuel. Era un rompecorazones local, conocido por su encantadora sonrisa y su espíritu aventurero. Su bronceado, complexión musculosa y energía contagiosa le convertían en un imán para la atención, pero nunca había experimentado el amor verdadero.

Este fin de semana, la playa estaba abarrotada. La isla bullía de turistas durante la temporada turística. La gente pálida que intentaban escapar de sus trabajos y algunos vecinos llenaron la playa.

Aquella tarde soleada, mientras Ricardo y sus amigos descansaban en la playa, llegó un nuevo grupo de conocidos para tomar el sol. Entre ellos había una chica a la que nunca había visto ni conocido. Sintió que el corazón le daba un vuelco. Entre ellas había una joven llamativa pelinegra, de ojos castaños color café. Tenía un aire de elegancia y misterio, por la forma en que llevaba su sombrero de playa extragrande muy sexy y sus enormes gafas de sol. Le encantó cómo combinaba aquel sombrero de gran tamaño con su bañador blanco que acentuaba su cuerpo curvilíneo. Su aire contrastaba con el ambiente relajado de la isla, tenía un andar de confianza relajada. A Ricardo le pareció que flotaba mientras avanzaba por la playa hasta su sitio. Abrió su silla de playa y colocó su enorme sombrilla, que parecía cubrir una ciudad, y puso una mesita a su lado.

<< ¡Qué finura! >> pensó Ricardo.

Los ojos de Ricardo se clavaron en ella en cuanto pisó la arena. Sintió una oleada de emociones que no podía explicar. Era como si el tiempo se hubiera ralentizado y sólo pudiera verla a ella. Ella también se fijó en él y le dedicó una tímida sonrisa antes de apartarse para colocar sus cosas en la mesita. A Ricardo se le aceleró el corazón y supo que tenía que encontrar la forma de hablar con ella. Miró a sus amigos y dijo,

-Mi gente ésta es la chica de mis sueños. Necesito encontrar la forma de hablar con ella. – mientras la seguía mirando, sonriendo como un niño pequeño en Navidad.

-Amigo, está fuera de tu alcance. Y creo que esa es su madre, y ya te está echando el ojo, hermano. - dijo Samuel riendo.

-¿Qué queréis apostar? Creo que vi un pequeño brillo en sus ojos cuando me vio. - miró a su madre y sintió un escalofrío.

Todos empezaron a reírse, dándole unos pequeños y suaves puñetazos.

Pasó un grupo de gente, que sin duda eran lugareños pasándoselo en grande. Llevaban sandalias con la bandera de Puerto Rico y una gran radio en la que sonaba la canción "Si una vez" de Manny Manuel. El hombre que llevaba la radio llevaba pantalones cortos rojos, blancos y azules, y de su bolsillo trasero salía una botellita en la que se leía "Palo Viejo". Las mujeres llevaban los bañadores más ajustados que dejaban poco a la imaginación.

- ¿Brillo? Brother, tienes arena en los ojos. - dijo William, riéndose a carcajadas.

-Vamos, tipo. Juguemos al fútbol antes de que aún más gente ocupe nuestro espacio. - dijo Eduardo.

Ricardo miraba al grupo que pasaba, pero no podía quitarse a la chica de la cabeza. Buscaba constantemente oportunidades para hablar con ella, cuando de repente, una oportunidad le cayó literalmente en el regazo. Mientras echaba un vistazo a la chica, Samuel le lanzó el balón y Eduardo corrió a placarlo. El placaje fue tan fuerte que empujó a Ricardo justo debajo de sus pies, casi derribando el paraguas. Ricardo empezó a levantarse mientras se limpiaba la arena y se volvía hacia los chicos.

-Bro, casi me matas y te la llevas conmigo. -les gritó.

Se volvió hacia la chica y dijo. - Lo siento. No ha sido intencionado; te juro que no lo he planeado. Ni siquiera vi que la pelota venía hacia mí. Estaba mirando... un... un pájaro, sí, un pájaro que volaba justo por encima de ti. - dijo tímidamente.

-Creo que tienes que arreglarte los pantalones cortos. Estás enseñando el trasero a todo el mundo. - Ella soltó la carcajada más hermosa que él había visto nunca.

-Dios mío, lo siento mucho. - dijo estando muy avergonzado mientras se arreglaba el pantalón.

Ella bajo el rostro y regresó atentamente a leer su libro. Por su gigantesco sombrero él no podía estar seguro, pero sintió que ella aun sonreía por la situación. Ricardo vio que su madre estaba lejos, en el agua, así que era su mejor oportunidad para hablar con ella. Intentando actuar con despreocupación, le dijo,

-Oye, soy Ricardo, mucho gusto. - con el corazón latiéndole con fuerza en el pecho.

Ella levantó la vista y sus preciosos ojos marrones se encontraron con los suyos.

-Hola, soy Nicole, pero mis amistades me dicen Nicky - respondió ella con una sonrisa. A él le pareció que ella tenía un ligero acento ruso; él no estaba seguro, pero aumentaba su encanto exótico.

- ¿Qué estás leyendo? - preguntó Ricardo, intentando mantener la conversación.

-Es un libro sobre la historia de Puerto Rico. Siempre me han fascinado las culturas diferentes. - comentó con los ojos iluminados.

-Eso es genial. ¿Quieres ver algunos de los lugares del libro? Podría ser tu guía turístico -se ofreció Ricardo, con un brillo esperanzador en los ojos.

Nicky dudó un momento, pero luego asintió. -Me gustaría. -

- Le pediré a tu madre la dirección donde te alojas. Así paso a recogerte mañana, si te parece bien. - dijo.

- ¡Oh! Esa no es mi madre. Es mi tía. Me quedo con ella en su casa durante el verano. Escribiré la dirección aquí, en este papel. Y aquí está el número de la casa. - Le dio el papel y sonrió.

- Nítido. Te llamaré esta noche para decirte cuándo podemos recogerte, si a tu tía le parece bien. - se despidió con la mano y se fue corriendo con sus amigos.

Durante los días siguientes, Ricardo y Nicky pasaron juntos todos los momentos que pudieron. Exploraron los antiguos fuertes de San Juan. Compartieron helados en el Ben & Jerry que había junto al Hotel El Convento. Sus intentos de bailar en las calles al ritmo de la animada música acabaron en risas, pues los dos pies izquierdos de Ricardo representaban mal su herencia puertorriqueña.

Ricardo le presentó a sus amigos Ed, William y Samuel, que la acogieron calurosamente en su grupo. Ellos sí lograron enseñarle unos pasitos de salsa, y ella les enseñó unas cuantas frases en ruso, lo que provocó demasiadas risas y lazos afectivos.

Un día mágico fue cuando fueron a navegar en kayak por la noche en la Laguna Grande de Fajardo. Nicole nunca había experimentado la naturaleza de este modo, con tanta viveza. Cada golpe de remo que ella daba, cada pez que corretea por el agua y hasta la más pequeña ondulación creaban un espectáculo luminoso que reflejaba el cielo nocturno. El resplandor era tan intenso que iluminaban los contornos de su kayak, proyectando una luz inquietante y hermosa sobre todo lo que tocaba. Mientras reman uno al lado del otro, con sus kayaks surcando el agua resplandeciente, sienten una profunda conexión no sólo entre ellos, sino también con el mundo mágico que les rodea.

-No puedo creer lo que estoy viendo. ¿Cómo es posible? -dijo asombrada.

-Es un fenómeno, ¿verdad? Es bioluminiscente por las bacterias que hay en el agua y que, cuando remas, brillan. – Ricardo le respondió con un sentimiento de orgullo como si el fuera guía turístico a tiempo completo.

Mientras caminaban de vuelta a la orilla dejando atrás los kayaks, Nicky se detuvo y se volvió para mirar a Ricardo. Su mirada era intensa, buscando en sus ojos algo que no podía nombrar. La niebla salada se pegaba a su piel. El pelo de Nicky bailaba con la suave brisa, aumentando la atmósfera de ensueño. Ricardo sintió una sensación de expectación en el aire entre ellos, preguntándose qué estaría buscando ella en sus ojos. El tiempo parecía haberse detenido mientras permanecían allí, encerrados en un intercambio silencioso.

Por fin ella rompió el silencio.

-No me lo esperaba. A ti, no te esperaba. Vi a un chico blanco, delgado y algo cómico en la playa cuando te conocí. Ni en mis sueños más locos habría pensado que podrías tocar mi corazón. Te aprecio profundamente. Por favor, no me rompas el corazón. - sus ojos brillaban como laguna bioluminiscente que acaban de dejar.

-Nunca lo haría. Desde que diste aquel primer paso en la playa, te convertiste en mi aire, en mi motivo de felicidad. - Se acercó, le cogió la cara con ambas manos y la besó suavemente.

Con ese beso sellaban su amor esa noche.

Sin embargo, no todo el mundo estaba encantado con su incipiente romance. Carla, la tía de Nicky, se había dado cuenta de la creciente cercanía entre Ricardo y Nicky. Desconfiaba de Ricardo, pues lo veía como un chico despreocupado de la isla que podría romperle el corazón a su sobrina.

Nicole y Ricardo hicieron planes para ir a ver una película. Cuando llegó a recogerla, su tía le estaba esperando en la puerta.

-No me gustas. Conozco a los vividores como tú. Vete y no vuelvas. - le advierte ella. Él se quedó en estado de shock, pero no dijo nada mientras ella cerraba la puerta de un portazo.

-Aléjate de ese chico -advirtió Carla a Nicky una tarde-. - No es bueno para ti. -

Dividida entre sus profundos sentimientos por Ricardo y el deseo de no disgustar a su tía, Nicky se enfrentó a una difícil decisión. Ricardo le importaba mucho, pero no quería disgustar a su tía. A pesar de la desaprobación de Carla, Nicole razonó que había venido a Puerto Rico para vivir una aventura.

<< El amor triunfa sobre todas las cartas >> se dijo a sí misma.

Tenían que ir con cuidado, caminando de puntillas entre las sombras y los secretos que ocultaban su amor. Se encontraban a horas diferentes. Algunas noches, cuando el cielo era un manto de estrellas centelleantes, sus únicos testigos eran la luna. Sus conversaciones eran silenciosas, llenas de significados ocultos y deseos tácitos. Y cuando se besaban, sentían que se llevaban un trozo de fruta prohibida, tan estimulante como peligroso. Pero no podían resistirse el uno al otro, ni siquiera en la oscuridad de la noche.

El final de las vacaciones de verano se cernía sobre ellos como una nube oscura. La marcha de Nicky era inminente y la idea de estar separados les resultaba insoportable. Pasaron su último día juntos en la playa, contemplando la puesta de sol y abrazados.

-No quiero dejarte. - susurró Nicky, con lágrimas corriéndole por la cara.

- Encontraremos la manera de que funcione, te lo prometo. Esto no es el final para nosotros. - Ricardo la abrazó con fuerza.

A la mañana siguiente, Nicky partió de Puerto Rico, dejando a Ricardo de pie en la pista, mirando cómo el avión desaparecía en el horizonte. La distancia entre ellos parecía insalvable, pero su amor era fuerte. Juraron seguir en contacto, escribiéndose cartas y llamando por teléfono siempre que podían.

De vuelta en Georgia, Nicky sentía cada día el peso de su separación. Echaba de menos la sonrisa de Ricardo, su risa y la forma en que la hacía sentir viva. Intercambiaban cartas llenas de declaraciones de amor y promesas para el futuro. Nicky esperaba con impaciencia el correo cada día, y el corazón le daba un vuelco cuando veía la letra familiar de Ricardo.

Ricardo también sintió el vacío dejado por la ausencia de Nicky. Se dedicó a los deportes y pasó tiempo con sus amigos, pero nada llenó el espacio que ella había ocupado en su corazón. A pesar de las dificultades, encontraban consuelo en sus cartas y en sus ocasionales llamadas telefónicas. Cada conversación, aunque breve, era un recordatorio del profundo vínculo que compartían.

Pasaron tres meses, y aunque la distancia era dura, el amor de Ricardo y Nicky perduró. A través de sus cartas, se hicieron más íntimos y aprendieron más el uno del otro que nunca. El verano de 1993 se convirtió en un recuerdo entrañable, una época de amor puro y sin filtros.

Pero un día de agosto, cuando empezaba el otoño, llegó una carta de Nicky que destrozó el mundo de Ricardo. Al leer sus palabras, se le hundió el corazón.

"Querido Ricardo, he estado pensando mucho en nosotros y en el futuro. Con el comienzo de la escuela y la distancia que nos separa, se ha vuelto demasiado difícil seguir con esto. Me rompe el corazón decir esto, pero creo que lo mejor es que sigamos caminos separados. Siempre tendrás un lugar especial en mi corazón.
Con amor, Nicky".

Las manos de Ricardo temblaban mientras leía la carta una y otra vez, con la vista nublada por las lágrimas.

<< Que ironía, prometí no romper su corazón y es ella que me deja un gran vacío. >> pensaba en voz baja.

El dolor no se parecía a nada que hubiera sentido antes. Sentía como si alguien le hubiera metido la mano en el pecho y le hubiera arrancado una parte del alma. Vagó por las playas familiares, sintiendo la cálida arena entre los dedos de los pies, recordando los días que habían pasado allí. Las risas, sus intentos de bailar, los besos robados... todo eran ahora recuerdos agridulces de un amor que nunca pudo ser.

Pasaron los años, pero la herida nunca cicatrizó del todo. Ricardo continuó con su vida, pero le faltaba para siempre un trocito de corazón, abandonado en el verano de 1993 por la chica que se lo había robado.

Epílogo

Tres años más tarde, Ricardo se encontró en una animada fiesta en el corazón de San Juan. Música a todo volumen y el sonido de risas y charlas llenaban la sala. Ricardo, ahora un poco mayor y más sabio, estaba hablando con unos amigos cuando se fijó en una mujer despampanante que había al otro lado de la sala. Una "Morena" alta. Tenía un aire de elegancia y una sonrisa cautivadora que le atrajo.

Con una sensación de 'déjà vu', Ricardo se abrió paso entre la multitud, con el corazón latiéndole tan fuerte como años atrás. Al acercarse, la mujer se volvió y sus miradas se cruzaron. Ella sonrió y le tendió la mano.

- Hola, soy Lee. -

Autor

Tommy Lorenzo es un experimentado consultor con experiencia en servicios de tecnología y ciberseguridad. Con más de 26 años de experiencia en el sector, Tommy conoce a fondo las complejidades de la ciberseguridad, que simplificó hábilmente en su libro de no ficción "Keeping Cyber Security Simple". Su pasión por desmitificar temas complejos da ahora un nuevo giro al aventurarse en el mundo de la ficción.

Además de su experiencia profesional, Tommy es un ávido viajero, lector y aficionado a los deportes. Su amor por la narrativa y las aventuras emocionantes ha inspirado su última obra, un apasionante realismo mágico que promete mantener a los lectores en vilo.

Cuando no está escribiendo o asesorando, Tommy disfruta explorando nuevos destinos, sumergiéndose en diversas culturas y deleitándose con un buen libro. Vive con su esposa, la morena, en Tamarac, FL, donde sigue creando historias que cautivan y enganchan a su público.

Mantente en contacto con Tommy a través de la web:

Twitter: http://www.twitter.com/tlorenzo_pr
Instagram: https://instagram.com/tommylorenzoauthor

Printed in the USA
CPSIA information can be obtained
at www.ICGtesting.com
CBHW060545030724
11010CB00032B/1025